Impressum

O 7, 17 | 68161 Mannheim | Deutschland

Printed in Heidelberg.
abcdruck GmbH

ISBN Nr.: 978-3-945375-00-6

Theo Tollpatsch

JEDES KIND KANN IRGENDETWAS GUT

Ein Hörbuch von Jörg Schreiner.
Illustriert von Christoph Weber.
Gesprochen von Peter Steitz.

Theo Tollpatsch saß beleidigt auf dem Balkon seiner Großeltern. Oma Lilli hatte seinen Lieblingskuchen gebacken, aber Theo wollte selbst davon nichts wissen. »Er muss sehr traurig sein«, sagte die Großmutter und starrte durch die Vorhänge. Opa Julius versteckte sich abwesend hinter seiner Zeitung und brummte nur: »Mrmrm«.

»Schon nächste Woche ist das Schulfest«, jammerte Theo, »ich weiß gar nicht, was ich da soll«, fuhr er fort und erinnerte sich dabei an den Spott der Klassenkameraden. Alle hatten ihn ausgelacht, nur weil er etwas ungeschickter als die anderen war und es nicht mit einem Satz über den Sprungbock schaffte. Um ehrlich zu sein, kam Theo nicht einmal bis zum Sprungbrett. Wegen seiner offenen Schnürsenkel fiel er schon beim Anlauf hin und verlor dabei auch noch seine Turnhose.

Typisch Theo, so etwas passierte ihm andauernd. »Auf dem Schulfest hat jeder meiner Klassenkameraden einen Auftritt und ich? ... Es muss doch irgendetwas geben, was ich besonders gut kann.« Theo dachte nach ...

JEDES KIND KANN IRGENDETWAS GUT

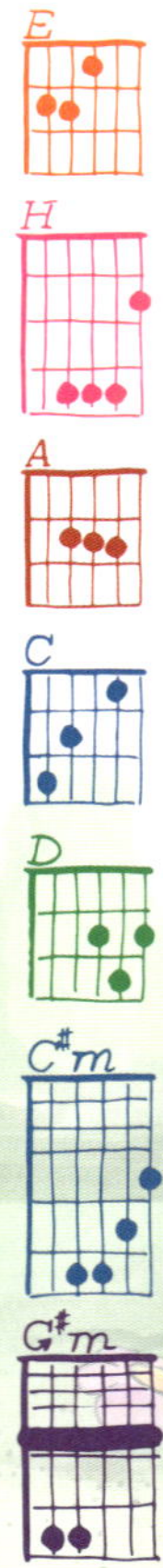

E H A E E H A E
Jedes Kind kann irgendetwas gut. Manchem Kind fehlt nur ein wenig Mut.

A H C D
Das eine Kind kann malen, das andere Kind pfeift.

E H A E
Jedes Kind kann irgendetwas gut.

H C#m A H
Manche Kinder können turnen und springen, andre lesen gern ein Buch.

G#m A H H
Es gibt Kinder, die treffen jedes Tor, und wenn du mal verlierst, dann mit Humor.

Jedes Kind kann irgendetwas gut.
Manchem Kind fehlt nur ein wenig Mut.
Das eine Kind kann schwimmen,
das andre stoppt die Zeit.
Jedes Kind kann irgendetwas gut.
Manchem Kind fehlt nur ein wenig Mut.
Jedes Kind kann irgendetwas gut.

Manche Kinder können singen,
andre hören sehr gut zu.
Es gibt Clowns, Tänzer und es gibt Tänzerinnen,
andre spielen Polizei und blinde Kuh.
Jedes Kind kann irgendetwas gut.
Manchem Kind fehlt nur ein wenig Mut.
Jedes Kind kann irgendetwas gut.

Während Theo nachdachte, merkte er nicht, dass es immer leiser um ihn herum wurde, der Straßenverkehr war wie ausgeblendet. Klopf, klopf ... Klopf, klopf ... Wo mag das Klopfen herkommen? Neugierig durchstöberte Theo den Balkon nach einer Maus oder etwas Ähnlichem. Klopf, klopf ... Es verging einige Zeit, bis Detektiv Theo das Geräusch zurückverfolgen konnte. Es kam aus Oma Lillis Blumentopf. Klopf, klopf ... »Das kann doch gar nicht sein«, dachte Theo und beobachtete einen Regenwurm, der ein Schild an einen Blumenstängel nagelte.

»Wiemchengasse 3«, las Theo darauf. »Was tust du da?«, fragte Theo mit der Gewissheit, keine Antwort zu bekommen. »Ich gebe meiner Straße einen Namen«, antwortete der Regenwurm aus dem Keramiktopf. Erschrocken fiel Theo rückwärts in seinen Klappstuhl. »Au!« »Hast du dir weh gemacht?«, fragte der Wurm, der sich mittlerweile über den Blumentopfrand streckte. »Wie, weh gemacht?«, stammelte Theo ziemlich undeutlich. »Du bist ein Regenwurm mit einem Straßenschild und jetzt sprichst du auch noch mit mir.« Theo kniff sich in den Arm. »Nein, ich träume nicht!«, war er sich jetzt ganz sicher. »Robert ist mein Name«, erklang es nach einer kurzen Pause. »Und du bist Theo, der Pianist, nicht wahr?« »Ja, ja, ich bin – ich bin Theo, Theo Tollpatsch, der Klavier-Anfänger.«

Theo schaute sich vorsichtig um, damit ihm auch ja keiner zuhörte, wie er mit einem Regenwurm sprach. »Blöd genug, dass niemand mit mir spielt, jetzt rede ich auch noch mit einem Wurm«, dachte er.

Völlig aufgeschlossen, als wäre es das Normalste der Welt, fragte ihn Robert: »Warum bist du so traurig? Ich beobachte dich schon den ganzen Tag. Iss doch endlich deinen Kuchen. Wäre er für mich gebacken, ich hätte ihn schon längst verdrückt.« »Willst du ein Stück?«, fragte Theo und legte ein paar Brösel auf die Erde im Blumentopf. »Mmmm«, schmatzte Robert, der die Krümel ohne zu kauen genüsslich herunterschluckte.

DER REGENWURM

Regenwürmer sind ziemlich klein und ihr Gehirn ist mini. Sie sind sehr fleißige und kräftige Gartenarbeiter. Großvater Julius behauptet sogar: »Regenwürmer sind die wichtigsten Bewohner der Erde!« Die wichtigsten Bewohner der Erde graben unterirdische Gänge. Durch diese Gänge wird die Erde belüftet und das Regenwasser kann ablaufen. Regenwürmer fressen Laub, trockenes Gras und andere herumliegende Pflanzenteile. Diese Pflanzenteile kommen als kleine Häufchen wieder aus den Würmern heraus. Die Häufchen nennt man Wurmhumus. Regenwürmer graben sich den ganzen Tag von oben nach unten und von unten wieder nach oben. Sie graben sich nach oben, um etwas zu Fressen zu finden. Ihre Nahrung nehmen sie mit nach unten und in der Erde fressen sie sie in aller Ruhe auf. Wenn Regenwürmer fertig gespeist haben, graben sie sich wieder nach oben. Dort hinterlassen sie ihre Häufchen und machen sich sofort wieder auf die Suche nach neuer Nahrung.

WAS WÜRMER GERNE ESSEN

G   D   Em   C
Ich würde gerne wissen, was Würmer gerne essen
G   D   C
und gehn sie auch auf Klo, wenn ja, dann wo?

Em   D   C
Essen Würmer Currywurst? Kriegt ein Wurm von
D   G   D   C   G
Pommes Durst? Isst er gern Salat oder Spinat?

Em   D   C   D
Spaghetti Bolognese, darüber etwas Käse?
G   D   C   G
Trinkt er lieber Tee oder Kaffee?

Em   D   C   D
Essen Würmer Schillerlocken oder lieber Haferflocken?
G   D   C   G
Oder ein Stück Speck oder Gebäck?
Em   D   C   D
Naschen Würmer Chips? Kaugummi und Flips?
G   D   C   G
Macht ein grünes Blatt wirklich satt?

Em   D   C   D
Vanilleeis mit Sahne, vielleicht dazu Banane?
G   D   C   G
Oder in der Not auch nur mal Brot?

Erschöpft vom Kuchenessen lehnte sich Robert an ein Blatt, das von einer Blume abgefallen war. »Erzähl mir doch mal, was dich heute so bedrückt«, sagte Robert und strich sich über seinen mit Kuchen voll gestopften Bauch. Theo fing an, zu erzählen ...

Theo erzählte von seinen Klassenkameraden, die ihn immer ärgerten und von dem bevorstehenden Schulfest, zu dem jeder etwas beitragen sollte. Da kam Robert eine super Idee: »Warum spielst du nicht ein Stück auf dem Klavier?« »Nein, nein, nein, nein, auf keinen Fall!«, lehnte Theo sofort ab. »Dafür spiele ich noch viel zu schlecht, und außerdem übe ich nur meiner Oma zuliebe.« »Auch nicht, wenn ich dir dabei helfe?«, bot Robert seine Hilfe an und machte Theo folgenden Vorschlag: »Ich verschaffe dir auf dem Fest einen Auftritt, und als Gegenleistung bringst du mich auf eine Wiese.« Davon träumte Robert schon lange. Auf einer Wiese leben, andere Würmer kennen lernen und nach Lust und Laune durch die Erde kriechen. Vor lauter Freude bekam Robert kleine rote Bäckchen. Theo war damit einverstanden und schüttelte Robert die Hand – oder besser gesagt das Wurmende. »Abgemacht!« Beide waren sich einig.

»Aber was sollen wir vortragen?«, wollte Theo wissen und schaute Robert fragend an. »Das ist doch ganz einfach, du brauchst nur ein wenig Mut!«, rief Robert. »Sag in der Schule, du kommst mit einem singenden Regenwurm und wir präsentieren eine zirkusreife Nummer.« Robert redete voller Begeisterung wie ein Wasserfall und Theo hörte aufmerksam zu.

Der Abend brach herein, als Theo von seiner Großmutter hereingerufen wurde. »Es ist schon spät, es wird Zeit, dass du ins Bett kommst!«, sagte Oma Lilli und versuchte dabei streng zu wirken. »Gute Nacht, Robert«, flüsterte Theo. »Bis morgen, nach der Schule«, hallte es aus einem Wurmloch.

Mit der Freude auf den nächsten Tag schliefen beide glücklich ein.

e4Kids

Am nächsten Morgen war Theo wie ausgewechselt. In der Schule redete er geheimnisvoll von seiner musikalischen Einlage. Sein Klassenlehrer, Herr Hoffmann, freute sich über Theos Beitrag zum Schulfest. Theo hatte sich aus lauter Angst es könnte misslingen, sonst doch immer dagegen gesträubt, etwas vorzutragen. Theo war sehr stolz, einen Auftritt auf der Hauptbühne in der großen Aula zu haben. Er konnte es kaum abwarten, bis die Schule zu Ende ging.

Endlich 13:00 Uhr, geschafft. Theo rannte nach Hause und ohne Umwege auf Oma Lillis Balkon. »Robert, Robert!«, rief Theo, »ich bin wieder da. Schnell, zeig dich oder schläfst du noch?« »Von wegen schlafen, ich trainiere schon den ganzen Tag!«, ertönte Roberts Stimme aus dem Gestrüpp, das sich am Topf entlanghangelte. Langsam kroch Robert aus dem Unterholz. Er hatte sich ein Stirnband angezogen und ein Stück Stoff, welches er um seinen Körper gewickelt hatte, sah aus wie ein Jogging-Anzug. Theo fing an zu lachen, als er Robert sah und konnte kaum noch atmen. »Jetzt ist aber genug gelacht, ich halte mich nur fit!«, sagte Robert. »Und außerdem wird es Zeit, dass wir unsere Show einüben«, fuhr er fort und erinnerte Theo an ihr gemeinsames Ziel.

Die darauffolgenden Tage vergingen wie im Flug. Theo machte sich immer gleich nach der Schule auf den Nachhauseweg, um mit Robert zu üben. Aus der fixen Idee wurde ein richtiges Lied. Am Abend vor dem großen Tag lag Theo aufgeregt auf seinem Bett. »Hoffentlich geht alles gut«, dachte er, und obwohl er sicher war, nicht müde zu sein, schlief er bald ein.

KALLE
KOMPASS
Wiemchengasse 3

MORGEN IST DEIN GROßER TAG

G Hm C G Hm C
Morgen ist dein großer Tag. Morgen ist dein großer Tag.

G Hm C G
Für morgen wünsch ich dir vom Glück ein großes Stück!

Em Am⁷ D⁷ G
Glaub an deinen Traum und an dein Glück! Alles was du brauchst, ist Selbstvertrauen.

Em Am⁷ D⁷ G
Wer auch mal gibt, bekommt auch was zurück. Glaub an deinen Traum und an dein Glück!

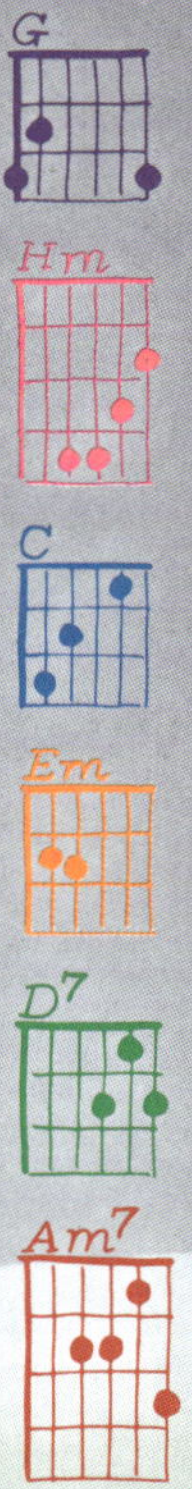

Glaube an die Kraft, die in dir steckt! Alles was du brauchst, ist ein Ziel.
Glaub an dich und geh kein Schritt zurück! Glaube an die Kraft, die in dir steckt!

Glaube daran, du bist nicht allein! Alles was du brauchst sind gute Freunde.
Auch Fremde können einmal Freunde sein. Glaube daran, du bist nicht allein!

Als der Wecker klingelte, war Theo schon wach und komplett angezogen. »Guten Morgen!«, sagte Theo und stürmte an der Küche vorbei ins Badezimmer. »Willst du nicht frühstücken?«, rief ihm Oma Lilli hinterher. »Lass ihn doch!« brummte Opa Julius, der wie immer hinter seiner Zeitung saß.

In Rekordzeit putzte sich Theo die Zähne, und mit einem Waschlappen strich die Großmutter seine Haare glatt. »Ich glaube, ich bin jetzt schön genug!«, murrte Theo und rannte auf den Balkon, um sich den Blumentopf mit Robert zu schnappen.

»Ich dachte schon, du kommst nie!«, begrüßte ihn Robert, der schon aufgeregt vor seinem Wurmloch hin und her schlich.

In der Schule angekommen, lief Theo zu seinen Klassenkameraden. »Hallo Leute, wir sind da!«, sagte Theo. »Wenn alle eingetroffen sind, kann das Schulfest beginnen«, rief der Hausmeister über den Gang und öffnete die Türen zur Aula.

»Wunderschön!«, staunte Robert, während sich der Saal füllte. Die Halle war einen Tag zuvor von den Mitgliedern der Bastelgruppe und deren Eltern geschmückt worden.

Das Programm konnte beginnen. Zuerst kam Klaus, die Sportskanone: Er schlug ein Rad nach dem anderen und zeigte voller Stolz einen Spagat. Im Anschluss tanzten Susanne und Heike zu einem Stück aus dem Musikunterricht. Die Stimmung war sehr gut und die Mitschüler schienen sehr beeindruckt. Theo und Robert konnten es kaum noch aushalten.

Endlich wurden sie von Frau Rektorin Schulze angesagt: »Bühne frei für Theo und seinen singenden Regenwurm Robert!« Sehr schüchtern kam Theo, im eleganten Anzug und mit Blumentopf unter dem Arm, auf die Bühne. Das Scheinwerferlicht blendete ihn sehr. Er hätte vor lauter Aufregung fast vergessen, was er auf der Bühne wollte, bis eine leise Stimme aus dem Topf sagte: »Jetzt bloß nicht die Nerven verlieren, wir werden es schon schaffen!« Theo sah Robert an und Robert zwinkerte ihm zu. Allen Mut zusammengenommen stellte Theo seinen Duo-Partner auf das alte Klavier, setzte sich auf den Hocker und begann zu spielen. Als er im Augenwinkel sah, wie Robert aus dem Wurmloch auf das höchste Blatt kletterte und sich in Position stellte, war die ganze Aufregung verflogen. Aus voller Brust fingen die beiden an zu singen.

13

EIN WURM LAG IN DER SONNE

E A H E
Ein Wurm lag in der Sonne und trocknete sein Haar

E A H E
Er winkte einem Esel, der voll beladen war.

H C#m H C#m
»Sag, wo kommst du denn her? Ist das nicht viel zu schwer?«

H C#m A H
Der Esel schnauft: »IA, zum Glück bin ich bald da!«

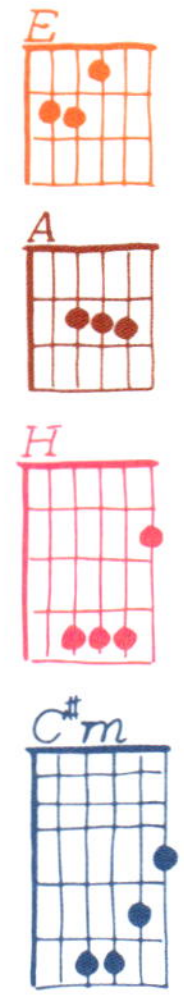

Ein Wurm lag in der Sonne
und trocknete sein Haar.
Er winkte einer Katze,
die den Wurm nicht sah.
Sie trat fast auf ihn drauf.
Mensch Katze, pass doch auf!
Er konnte es kaum glauben.
Hat die denn keine Augen?

Ein Wurm lag in der Sonne
und trocknete sein Haar.
Er winkte einer Schnecke,
die aus dem Fenster sah.
»Warum trägst du dein Haus?
Kommst du auch mal heraus?«
Die Schnecke lud ihn ein:
»Komm doch zu mir herein!«

Ein Wurm lag in der Sonne
und trocknete sein Haar.
Er winkte einem Pudel,
der ganz verstrubbelt war.
»Ist dein Fell nicht zu heiß?«
Der Pudel klagt: »Ich weiß,
ich muss mal zum Frisör!«,
rief er ihm hinterher.

Ein Wurm lag in der Sonne
und trocknete sein Haar.
Er winkte einem Vogel,
der fraß den Wurm beinah.
Oh Würmchen, geb doch Acht!
Was hast du nur gemacht?
Jetzt schnell ins Wurmloch rein,
dort kannst du sicher sein.

Das Publikum konnte es kaum glauben, und manche fingen an, im Takt zu klatschen. »Bravo Theo, bravo!«, rief die sonst so strenge Rektorin und wischte sich eine Freudenträne aus dem Gesicht. »So habe ich den Theo noch nie erlebt!«, flüsterte sie Herrn Hoffmann ins Ohr. Einige in den hinteren Rängen standen sogar auf, um Robert besser zu sehen.

Als die beiden zu Ende gesungen hatten, stürmte Theos Klassenlehrer auf die Bühne und lobte sie in den höchsten Tönen. Der Applaus schien nicht zu enden. Nach der letzten Verbeugung gingen Theo und Robert von der Bühne, wo sie schon von Klaus und den anderen erwartet wurden. Alle wollten Theo persönlich gratulieren.

»Das hast du toll gemacht!«, sagte Heike. »Darf ich mal dein Raubtier sehen?«, fragte Klaus, vorlaut wie immer. Hausmeister Knecht machte noch ein Erinnerungsfoto von allen Beteiligten und versprach jedem einen Abzug davon. Noch Stunden später saßen die Kinder auf dem Schulhof um Theo herum, und als sie sich auf den Nachhauseweg machten, lief Theo das erste Mal nicht alleine.

An der Haustür der Großeltern angekommen, verabschiedeten sich alle von den beiden. »Dürfen wir dich morgen besuchen?«, fragte Susanne. »Oh ja, gerne, wenn ihr wollt, dürft ihr alle kommen!«, antwortete Theo und freute sich wie ein Schneekönig. Als Robert das hörte, zog er sich traurig in sein Wurmloch zurück. »Er hat mich bestimmt vergessen«, dachte er. Er kam erst wieder zum Vorschein, als ihn Theo rief: »Robert, Robert, wo bist du? Ich habe mich noch gar nicht bei dir bedankt!« »Gern geschehen«, erklang es aus einer stillen Ecke.

Während des Abendessens erzählte Theo alles seinen Großeltern, und selbst Opa Julius hörte ihm gespannt zu. Seine Augen leuchteten vor Freude, obwohl er inzwischen hundemüde war. »Ich glaube, es wird Zeit, ins Bett zu gehen«, sagte Oma Lilli. Sie nahm Theo an die Hand und ging mit ihm ins Schlafzimmer.

SCHLAFLIED

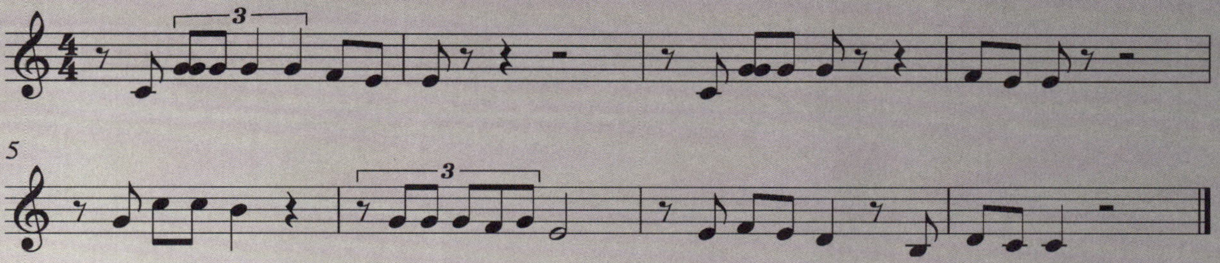

C Am
Ein Blick aus dem Fenster, es wird Nacht.
C Am
Für heut ist genug Show gemacht.

F G C
Und irgendwo brennt noch ein kleines Licht:
F G C
Ein kleines Kind, das schläft noch nicht.

C Am
Danke für's Zuhörn, für's Wiedersehn.
C Am
Der Tag mit euch war wunderschön!

F G C Am
Und irgendwo brennt noch ein kleines Licht:
F G C
Ein kleines Kind, das schläft noch nicht.
F G C Am
Sag jetzt nichts, es steht dir im Gesicht,
F G C
du bist müde, ich lösch das Licht.

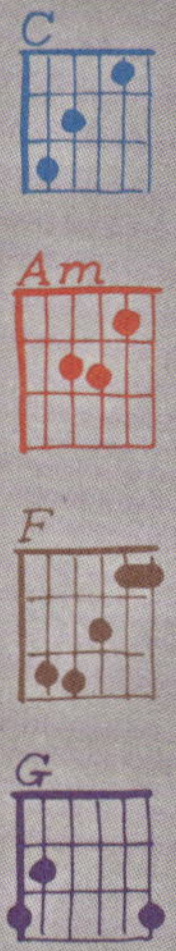

Am nächsten Morgen klingelte der Wecker um 8:00 Uhr. Verschlafen zog sich Theo an und ging auf den Balkon. »Robert, wach auf, heute ist dein großer Tag!«, sagte Theo. »Mein großer Tag?«, fragte Robert und gähnte. »Du hast deinen Teil der Abmachung erfüllt, jetzt erfülle ich meinen!«, sagte Theo und erinnerte sich an Roberts Traum von der großen Wiese. Robert musste lachen vor Freude. »Und ich, ich dachte schon, du hast es vergessen«, sagte Robert erleichtert. »Ein Versprechen ist ein Versprechen und muss auch gehalten werden!«, verkündete Theo.

Mit dem Topf unterm Arm ging Theo hinters Haus, wo eine große, wild gewachsene Wiese lag. Theo nahm Robert auf die Hand. »Willst du wirklich gehen?«, fragte Theo. »Ich will frei sein!«, antwortete Robert. Aus der Ferne hörte Theo schon das Herumalbern seiner Freunde, die ihn besuchen wollten. »Pass gut auf dich auf! O.K.?«, sagte Theo und setzte seinen Freund auf den Rasen. »Pass auch du gut auf dich auf!«, sagte Robert und verschwand in der Erde.

»Jedes Kind kann irgendetwas gut!«, dachte Theo und rannte zu den anderen.

MALEN MIT THEO UND ROBERT

13

THEO TOLLPATSCH ONLINE

Besucht uns doch im Internet unter

www.theo-tollpatsch.de oder **www.e4kids.de**

Dort findet ihr

- Theo Tollpatsch Gästebuch
- Theo Tollpatsch iBook mit vielen Videos und Spielen
- Theo Tollpatsch Spiele-Applikationen
- Theo Live-Termine
- weitere Kinderbücher
- u.v.m.